全彩漫畫版
The Wizard of Oz
綠野仙蹤
原著☆法蘭克・包姆 L. Frank Baum
原創漫畫☆天奧
全世界兒童最喜愛的
魔幻故事書

感謝各界好評推薦

「悅讀名著漫畫版」風格清新不俗，畫風、顏色及設計典雅，內容寓意深遠，想像力豐富。精緻的漫畫與經典名著的融合，必能激發孩子閱讀興趣，溫暖、啟迪孩子良善與純真的心靈，培養孩子好性格以及正確的價值觀，值得細讀品味，一讀再讀。

實踐大學創新與創業管理研究所暨家庭教育與兒童發展研究所教授・中華創造學會理事長　**陳龍安**

對小孩來說，圖像是最親切的吸收管道。透過漫畫接觸偉大經典，是讓小孩們熟悉好故事的絕佳途徑。期望我的孩子們也在這些精采故事與豐富圖像的氛圍下長大，具備想像力與說故事的能力。

TVBS《一步一腳印，發現新台灣》製作主持人　**詹怡宜**

暨南大學教授　**李家同**

孩子們小時候所受到的文化衝擊，對他們一生都有重大的影響，小時候就看過經典名著的孩子，當然會比較有思想。只可惜因為某些名著的篇章過多，使得沒有閱讀習慣的現代兒童往往缺乏興趣接觸。「悅讀名著漫畫版」的出版，給孩子開了一扇通往真、善、美的窗扉。

中華青少兒童寫作教育協會理事長　**楊佳蓉**

當名著遇見漫畫，名著的光芒再度被點亮。名著裡的人物現出身影，名著裡的事物有了鮮明的畫面，名著裡的經典對白迴盪其間……，視覺的美感輔助了閱讀，小讀者輕鬆、愉快地閱讀了它，在小小的年齡就能接觸到名著，感受文學的趣味。

國立台東大學兒童讀物研究中心研究人員 **嚴淑女**

經典名著是文學上的藝術精華，圖像閱讀是現代兒童接觸文學的趨勢。以漫畫方式將書中重要概念或對話圖像化，可引領孩子輕鬆進入文學世界，建立自我閱讀的自信，未來更樂於親近原著，讓文學的影響力深植其心靈深處。

國立台灣師範大學人類發展與家庭學系副教授 **鍾志從**

現在的孩子接觸電腦、電視的機會增多了，長期接受聲光的刺激使得他們閱讀書本文字的興趣降低。出版社真有智慧，精心推出了名著漫畫，提供學子們「悅」讀，實在令人感佩！尤其是把哲理融入漫畫中，孩子不去思考、不喜歡它，也還真難呢！

故事屋負責人 **張大光**

如果一本感動人心的世界名著能讓小朋友願意自動親近，那會有多好；如果一本發人深省的文學作品能用漫畫形式讓孩子學會慢慢思考，那會有多棒。我想這套「悅讀名著漫畫版」做到了，建議您可以大方地讓孩子看，把這套書當成一個個淺淺的樓梯，讓孩子慢慢登上閱讀世界經典作品的殿堂。

資深閱讀推廣人 **蔡淑媖**

漫畫不同於繪本及文字書的文學創作形式，能提供小讀者更多元的閱讀享受。「悅讀名著漫畫版」讓孩子多了一種形式接觸世界名著，「好的漫畫」加上「好的作品」，真是高級的閱讀享受！

中華民國兒童文學學會理事・台北縣板橋國民小學教師 **江福祐**

許多的世界文學名著字數都不少，對於期待接觸美麗文學世界的兒童而言，往往還沒開始接觸就已經結束，錯失了閱讀文學經典的機會。「悅讀名著漫畫版」系列以兒童最喜歡的漫畫方式，詮釋世界著名的文學經典，打開兒童接觸文學世界的大門，讓他們輕鬆、快樂地享受了閱讀文學的樂趣。

台北市興雅國民小學附設幼稚園教師 **趙恕平**

知性的童年、豐富的人生！閱讀是一生的學問。若我們讓孩子從小培養良好的閱讀習慣，就是給了孩子一個終生受用、最有價值的禮物。「悅讀名著漫畫版」系列，以淺顯易懂的文字與豐富圖像的漫畫形式，為孩子開啟閱讀世界名著的一扇窗，幫助孩子在充滿樂趣的閱讀歷程中，喜歡閱讀，享受閱讀，學會閱讀。

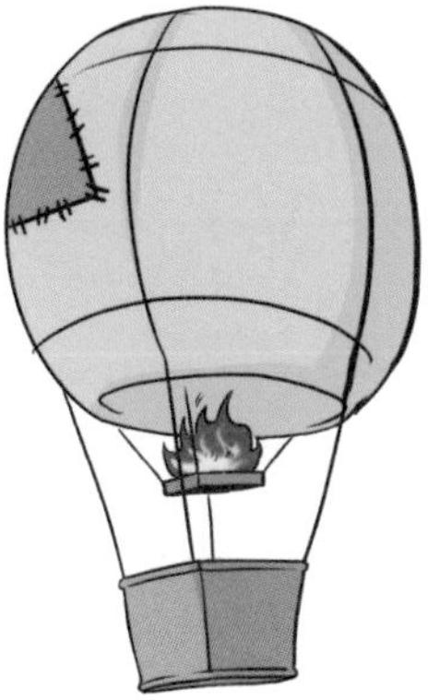

目錄

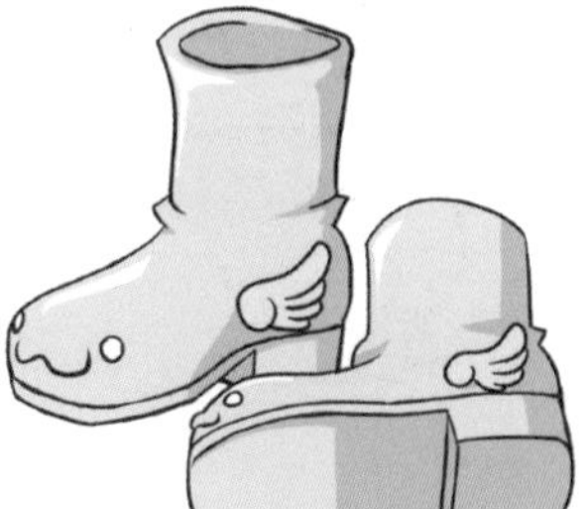

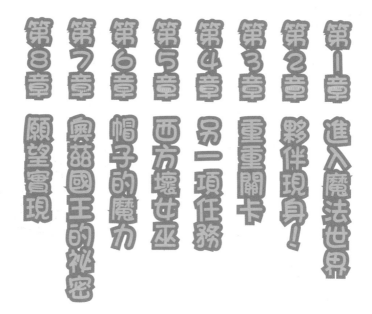

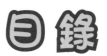

人物介紹

桃樂絲

居住在堪薩斯的少女，被一場龍捲風捲入了魔法世界中，一心想找尋回家的路。

錫人

被東方壞女巫陷害而變成了一個無心的錫人，為了找回心，和桃樂絲同行。

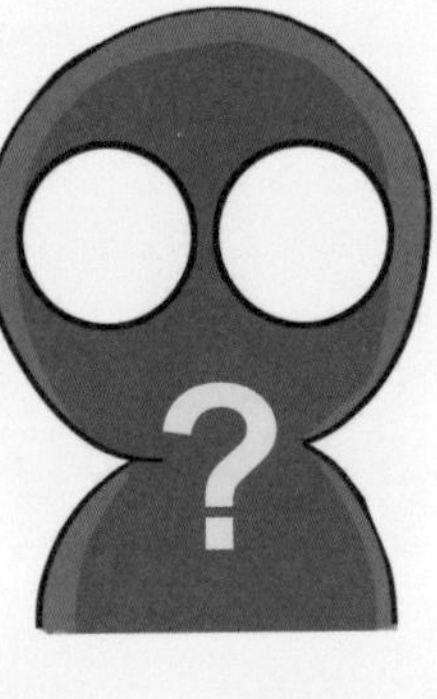

奧茲國王

傳說中法力無邊的偉大魔法師。

稻草人

個性純真善良，為了請求奧茲給自己一副腦袋，而踏上冒險旅程。

獅子

沒有膽量的萬獸之王，為了追尋勇氣，與桃樂絲等人一同冒險上路。

颼咻咻咻
!!
第1章 進入魔法世界
龍捲風來了，艾姆！我要去看看牲畜！
快，桃樂絲！快躲到地洞裡去！
亨利叔叔我知道了！
托托，別跑啦！
抖
抖
抖

呼~終於抓到你了！
轟隆
!!
轟隆
轟隆
怎麼辦？

Zzz
托托，我好睏喔……
汪
汪
……

嘎～嘎～嘎
啊……
我們平安落地了嗎？
這裡是……

咦？
!!
歡迎你來到孟奇金人的地方，尊貴的女魔法師。
非常感謝你殺死了東方壞女巫，讓我們得以恢復自由。
……
……

你們搞錯了吧？我沒有殺過任何人。
是你的房子殺死她的，就在那裡，瞧！
這就是她的腳！
哦～天啊！
慌張
慌張
慌張
我們該怎麼辦呢？
別擔心，我們什麼都不必做。

多年來，壞女巫把所有孟奇金人當成奴隸，要他們日日夜夜做苦工……
現在，他們終於恢復了自由，這都要感謝你呀！
請問……你是孟奇金人嗎？
不，我是他們的朋友，我是北方女巫。
我的天！你是真正的女巫嗎？
是的。雖然法力沒有那個壞女巫強，不過我是個好女巫。
我還以為所有女巫都是邪惡的……
喔！這真是個天大的誤會。
奧茲王國裡只有四個女巫，住在北方和南方兩個是好的。
其中一個就是我。

住在東方和西方的兩個都是壞女巫，其中一個已經被你殺死了。
現在奧茲王國裡只剩下一個壞女巫——就是住在西方的那個。
那麼，請問你的法力能送我回堪薩斯嗎？
我不知道堪薩斯在哪裡，也從來沒聽說過。
嗚……
嗚哇哇
別哭、別哭，我會幫你的。
我變……

閃亮亮
漾波
你的名字叫桃樂絲嗎？
是的。
他是個好人嗎？
他是個好魔法師，至於是不是個好人我也不清楚，因為我沒見過他。
那你必須到翡翠城去，也許奧茲會幫助你。

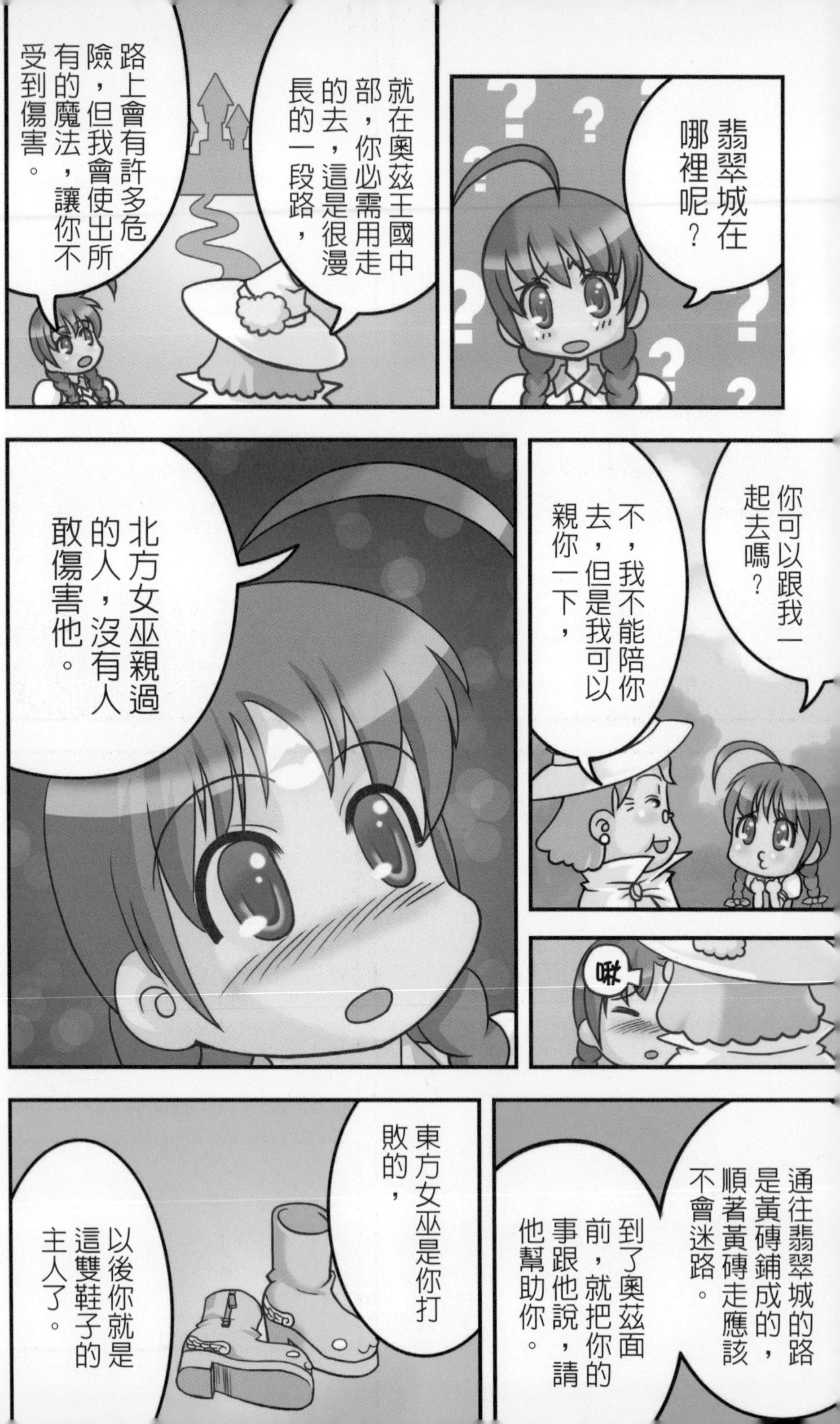
翡翠城在哪裡呢？
就在奧茲王國中部，你必需用走的去，這是很漫長的一段路，
路上會有許多危險，但我會使出所有的魔法，讓你不受到傷害。
你可以跟我一起去嗎？
不，我不能陪你去，但是我可以親你一下，
啾
北方女巫親過的人，沒有人敢傷害他。
通往翡翠城的路是黃磚鋪成的，順著黃磚走應該不會迷路。
到了奧茲面前，就把你的事跟他說，請他幫助你。
東方女巫是你打敗的，
以後你就是這雙鞋子的主人了。

祝你旅途愉快！再見，親愛的。
……
再見！
東翻西找
好，目標翡翠城，出發！

第2章 夥伴現身！
呼，走得好累喔。
嚇

你好。
咦？你會說話？
當然囉！你好嗎？
我很好，謝謝你。你也好嗎？
唉~我不太好。日日夜夜被插在這兒趕烏鴉，實在太乏味了。
如果你能幫我從這根竿子上拿下來，我就太感謝了。
好，我來幫你。

謝謝你，我重生了！
你叫什麼名字？要到哪裡去呢？
我叫桃樂絲，要去翡翠城請奧茲送我回堪薩斯。
翡翠城在哪裡呀？奧茲又是誰？
你不知道嗎？
對呀！我什麼都不知道，你瞧，我是用稻草做的，根本沒有腦子。
噢，我真為你感到難過。
你覺得，如果我和你一起到翡翠城去，偉大的奧茲會給我一副腦子嗎？
我不知道耶！不過，你可以跟我一起去，如果奧茲能給你腦子，你就不會像現在這樣受罪了。

說得也是，我最不希望別人叫我傻瓜了，如果我有腦子，就能知道很多事……
我能了解你的感受。
如果你跟我一起去，我會請奧茲盡他所能來幫助你。
謝謝你。
嗅嗅
你別理會托托，他不會咬人。
哦，我不怕他。這世上我只害怕點燃的火柴。

嘎~~
嘎~~
嘎~~
天色晚了，我們應該找個地方休息。
我是稻草人，我不會累，也不需要睡覺。
可是你就需要，因為你不是稻草人。
啊，那邊有一間小棚屋，我們要不要到那兒去？
當然好呀！我累壞了。

呼，走了一天，好累喔！
謝謝，我不會餓，再說，我的嘴巴是用畫的，要吃東西必須挖個洞，這樣我的頭會變形。
嗯……
既然要休息，你可不可以說說你的故事？
我是前幾天才被一個農夫做出來的，在這之前的事，我什麼都不知道……
而且我不是個好稻草人，因為烏鴉發現我是稻草人後，
根本不怕我，還好你把我放下來了……
所以呀……

汪!
汪!
汪!
我們必須去找水。
為什麼要找水呀？
水可以把臉洗乾淨，喝了還可以避免吃麵包時噎著了。
肉做的身體真不方便，要喝水、吃東西，還要睡覺……
呼，舒服多了。稻草人，我們出發囉！
唉啊～唉～啊～

是什麼聲音呀？
啊～啊～啊～
我聽不出來，不過，我們可以去看看。
……
啊～啊～啊～
是你在呻吟嗎？
是的。我已經在這裡哼了一年多，從來沒人聽見或是過來幫我。
我能幫你什麼忙嗎？

幫我找一罐油來，把身體上的關節潤滑一下。
我記得我的小屋裡有一罐油，就在架子上。
這樣好一點了嗎？
啊～實在太舒服了！自從關節生鏽後，我就一直舉著斧頭，
復活
現在總算可以放下來了。
要不是遇到你們，我恐怕永遠要站在這兒了，謝謝你們救了我一命。
對了，你們怎麼會到這兒來的？

我們要去翡翠城拜見偉大的奧茲。
為什麼要去見奧茲呀？
我要請他送我回堪薩斯，稻草人希望奧茲給他一副腦子。
……
你認為……奧茲會給我一顆心嗎？
嗯，我想會的，就像給稻草人腦子一樣容易吧？
是嗎？那麼，如果你們同意，
我願意跟你們一起去翡翠城，請奧茲幫助我。
好啊！一起去吧！

哎呀
你幹嘛不繞過那個坑呢？
我哪知道那麼多，我頭裡塞的是稻草耶！所以我才要去找奧茲，請他給我一副腦子。
噢，我明白了。不過，腦子並不是世界上最好的東西呀！
那……你有腦子嗎？
沒有，我的腦袋裡是空的，
但是腦子跟心比起來，我寧可要一顆心。
為什麼呢？
我把我的經歷告訴你，你就會知道了。
我是一個樵夫，靠著賣砍來的木材過活……

有一天，我遇到一個非常漂亮的女孩，而且很快就愛上她了。她說，只要我存夠錢蓋一間更好的房子，她就嫁給我。可是……
跟她住在一起的老婦人太懶了，因為怕她結婚後沒人幫忙做家事，就去找東方壞女巫……
後來壞女巫把我變成了錫人……
從此我就沒有心了，不只失去了對那女孩的愛，也不在乎是不是可以娶她了。
可是，有一天我忘了給自己上油，又淋了一場雨，等我想到會有危險時，關節已經生鏽了。
我就這樣在森林裡站了一年……直到遇見你們。

這一年我花了很多時間思考，了解到我最大的損失就是失去了一顆心，沒有心的人是不懂得愛的……
不過，我還是希望有腦子，因為一個傻瓜即使有了心，也不知道心可以幹麼！
我要心，因為腦子不能使人感覺幸福，而幸福是世界上最重要的東西。
那我們趕快往翡翠城前進吧！

~~~吼
~~~吼
~~~吼
我們什麼時候才能走出樹林呀？
我不知道，我也沒去過翡翠城……
不過你額頭上有好女巫吻過的印記，什麼都傷害不了你。
那托托靠什麼保護呢？
如果他遇到危險，我們就要保護他。
吼~~~
!!
吼嚕~
~~~

啪！
噹！
吼~吼~吼~
!!
你敢咬托托就給我試試看！
好可怕～
我又沒有真的咬他……
你根本就是想要咬他！你這個欺負弱小的膽小鬼！
我知道……

我一直都知道，可是我有什麼辦法呢？
你看！你剛剛竟然還欺負一個可憐的稻草人！
他是稻草做的？
是的，他是個稻草人。
怪不得他那麼容易摔跤，那另一個也是稻草做的嗎？
不，他是錫做的。
怪不得他差點兒刮壞我的爪子。
那隻小動物又是什麼？我看你挺疼愛他的。
他是我的狗，叫托托！
他是個奇怪的動物，看起來好小喔！
唉~除了我這樣的膽小鬼，大概沒人會想要咬他吧？

奇怪？你怎麼會這麼膽小呢？
我也不清楚，從我一生下來就是這樣了……
這樣不對，萬獸之王的獅子不該是個膽小鬼。
我知道，雖然我大聲一吼，所有動物都會嚇得躲開，可是我更怕他們……
這是我最大的悲哀，知道自己是個膽小鬼，我很不快樂。
你可能有心臟病吧？
也許是吧。
這樣的話，或許你可以跟我們一起去見奧茲，
請他給你膽量。
你們認為奧茲會給我膽量嗎？
就像他給我腦子一樣容易吧？
或者像給我一顆心一樣。
對呀！就像送我回堪薩斯一樣。

那麼，如果你們不介意，我想跟你們一起去。
沒有一點膽量的話，我實在活不下去了。
我們很歡迎你來作伴。
!!

……
第3章　重重關卡
現在怎麼辦呢？
唉～我也不知道……
我們又不能飛，也不能爬到大深溝底下……
如果跳不過去，只好停在這裡了。
我想我跳得過去，我可以把你們一個個揹在身上跳過去。
你們誰要先過去？

我先！
如果你跳不過去，我摔下去也不會受傷，可是其他人就會受傷了。
我也很怕自己會摔下去，可是，不試試看也沒有別的辦法了。
來吧！
你幹麼不先助跑再起跳呢？
我們獅子不是這樣跳的。
喝啊！！

哇！獅子好厲害喲！
呼
呼
我們稍微休息一下吧！
呼
呼
呼
呼
呼

這兒住著卡利達……
「卡利達」是什麼呀？
是身體像熊、頭像老虎，爪子又長又尖的怪獸，他們能輕易的把我撕成兩半，我怕死卡利達了。
看你這麼害怕，我想，他們一定是很可怕的野獸。
!!
停

唉！這條溝實在太寬了，我跳不過去……
…
你們看，溝邊有一顆大樹！
要是錫人能把樹砍倒，
讓樹橫過深溝，我們就能走過去了。
這主意真棒，我開始懷疑你腦袋裡裝的不是稻草了。
好！接下來看我的了。
磅
走吧。

吼~~
?
不好！卡利達來了！
快！我們快點過去！
吼！

!!
碰！
完了啦！他們會把我們撕成碎片……快躲在我背後，
我會盡力跟他們搏鬥，直到我死為止。
等一等！
錫人，你趕快把這頭的樹幹砍斷！
喔！知道了！

砍!
嗚
啊啊啊~~
好耶!看來我們又能活久一點了。
那些怪物把我嚇壞了,到現在心還怦怦跳呢……
唉!我要是有顆怦怦跳的心就好了。
呼
呼
太好了!大家都沒事。
呼!還好躲過危險了。
我們趕快走出這個森林吧!

哇喔～
這些罌粟花好美喔……
是挺美的，等我有了腦子，也許會更喜歡。
要是我有顆心，也會喜愛它們的。
我一直都喜歡柔弱的花。

我們得快點趕路，在天黑前回到黃磚路上。
桃樂絲、桃樂絲？
我們該怎麼辦啊？
如果把她扔在這裡，她會死的。這種花會讓我們睡著，連我都快睜不開眼睛了……
你快跑，盡快離開這片致命的花海！我們會揹著桃樂絲和小狗走，
可是你如果睡著了，我們可揹不動你啊！

呼
哈
呼
呼
哈
呼
呼
哈
呼
我們救不了他，他太重了。
我很難過，他是個很好的夥伴呢！
啊~啊~~~啊

吼~吼~吼~
不要欺負小動物！
砰！
你沒事吧？
哦，謝謝你！非常感謝你救了我。
別客氣，我沒有心，所以會很留意去幫助需要幫助的人，
哪怕只是隻田鼠。
只是隻田鼠！
我可是個女王！所有田鼠的女王！

哦，失禮了。
你救了我的命，這可是一件大功勞。
今後你們如果遇到什麼困難，
我會盡一切力量幫助你們的。
現在，有什麼需要幫忙的嗎？
我不知道。
有了！你們可以去救我們的獅子朋友，
他正睡在罌粟花田裡。
獅子？他會把我們都吃掉的！
嚇！
噢，不會的，這隻獅子是個膽小鬼。
是嗎？
他絕對不會傷害我們的朋友，
如果你們幫助我們，我保證他會和氣的對待你們。

好吧，我相信你，但是我們該怎麼做呢？
如此這般……
啊……

請允許我為您介紹，女王陛下，這位是桃樂絲。
陛下您好。
你好。
工作完成，收隊！
以後需要幫忙的時候，就到田野裡來叫喚我們吧！
再見！

真的嗎？我一直以為自己是可怕的龐然大物，
沒想到救我脫險的卻是田鼠這樣的小動物。
這都是錫人的功勞，他保護了田鼠女王，還做了木推車。
不，救你的方法是稻草人想出來的，也要謝謝他才是呀！
我也不知道自己怎麼睡著了，不過能活著看到你們，真是太感謝了！
呵哈哈~~

第4章　另一項任務
哇喔！好美喔～～
這裡一定是翡翠城，我們到了。
是啊！

咦？那邊有一個門鈴。
叮咚！
叩隆隆～
你們來翡翠城有什麼事嗎？
我們想要見偉大的奧茲。
!!

已經有好多年都沒人來見奧茲了……
如果你們是為了無聊或愚蠢的小事來煩他，他可能會要你們的小命！
我們不是為了無聊或愚蠢的小事來的，我們有重要的事情拜託他。
而且，聽說奧茲是個好巫師。
是的，他把翡翠城治理得很好。
我可以帶你們到奧茲的王宮，不過你們要先戴上眼鏡……
如果不戴上眼鏡，翡翠城閃耀的光芒會讓你們瞎掉。
嗯，知道了。

偉大的奧茲，要晉見你的人們已經到了。
我要先見那個小女孩，讓她一個人進來。
嗯。
轟！

我是奧茲，偉大、可怕的奧茲！你是誰？找我做什麼？
我是渺小的桃樂絲……我來求你幫助我……
你那雙銀鞋是從哪來的？
是從東方壞女巫那裡得到的。我的房子掉下來，把她壓死了。
你額頭上的印記又是怎麼來的？
這是北方好女巫跟我親吻道別時留下的。
你想要我做什麼呢？
送我回堪薩斯！那裡才是我真正的家。

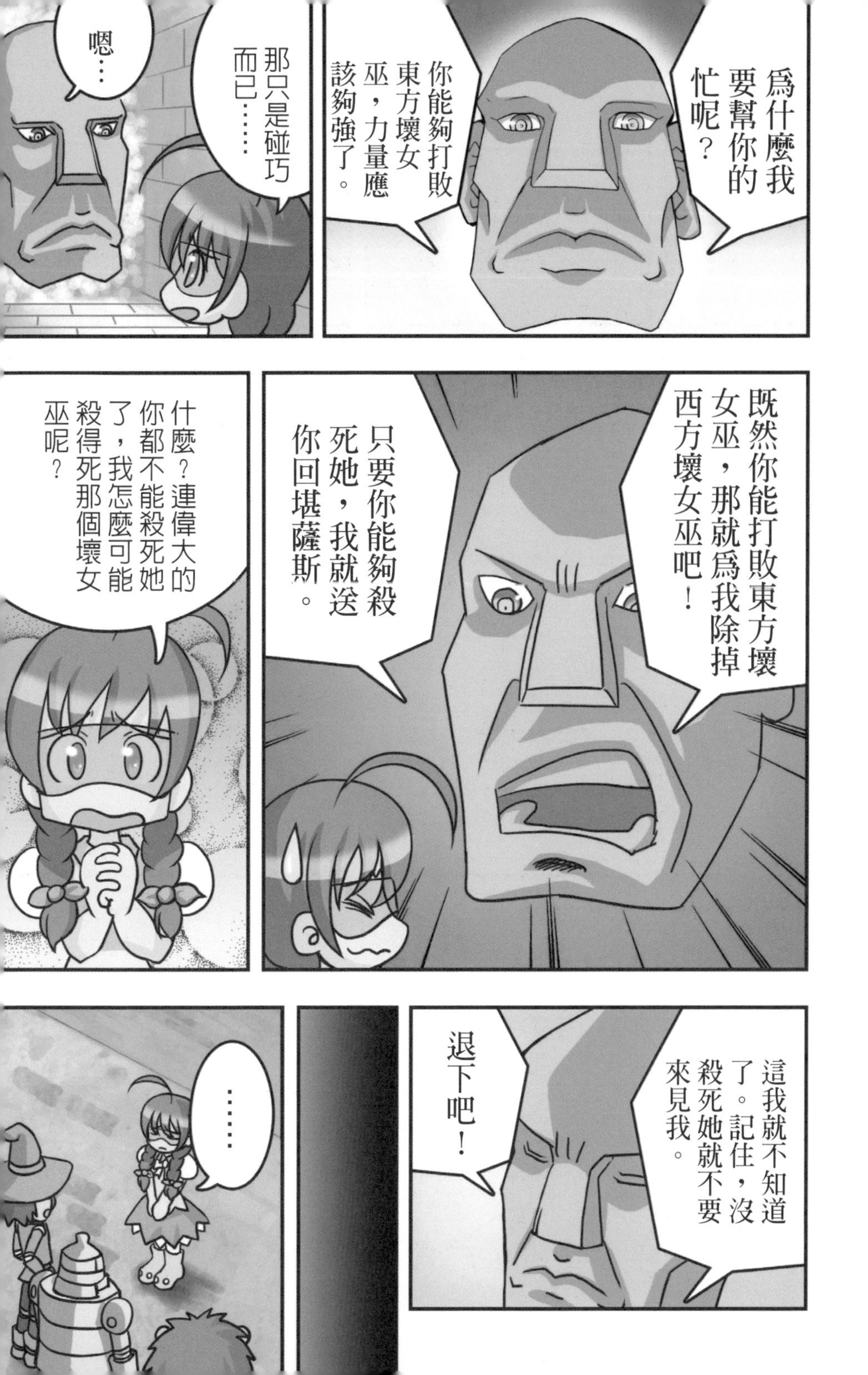
爲什麼我要幫你的忙呢？
你能夠打敗東方壞女巫，力量應該夠強了。
那只是碰巧而已……
嗯……
既然你能打敗東方壞女巫，那就爲我除掉西方壞女巫吧！
只要你能夠殺死她，我就送你回堪薩斯。
什麼？連偉大的你都不能殺死她了，我怎麼可能殺得死那個壞女巫呢？
這我就不知道了。記住，沒殺死她就不要來見我。
退下吧！
……

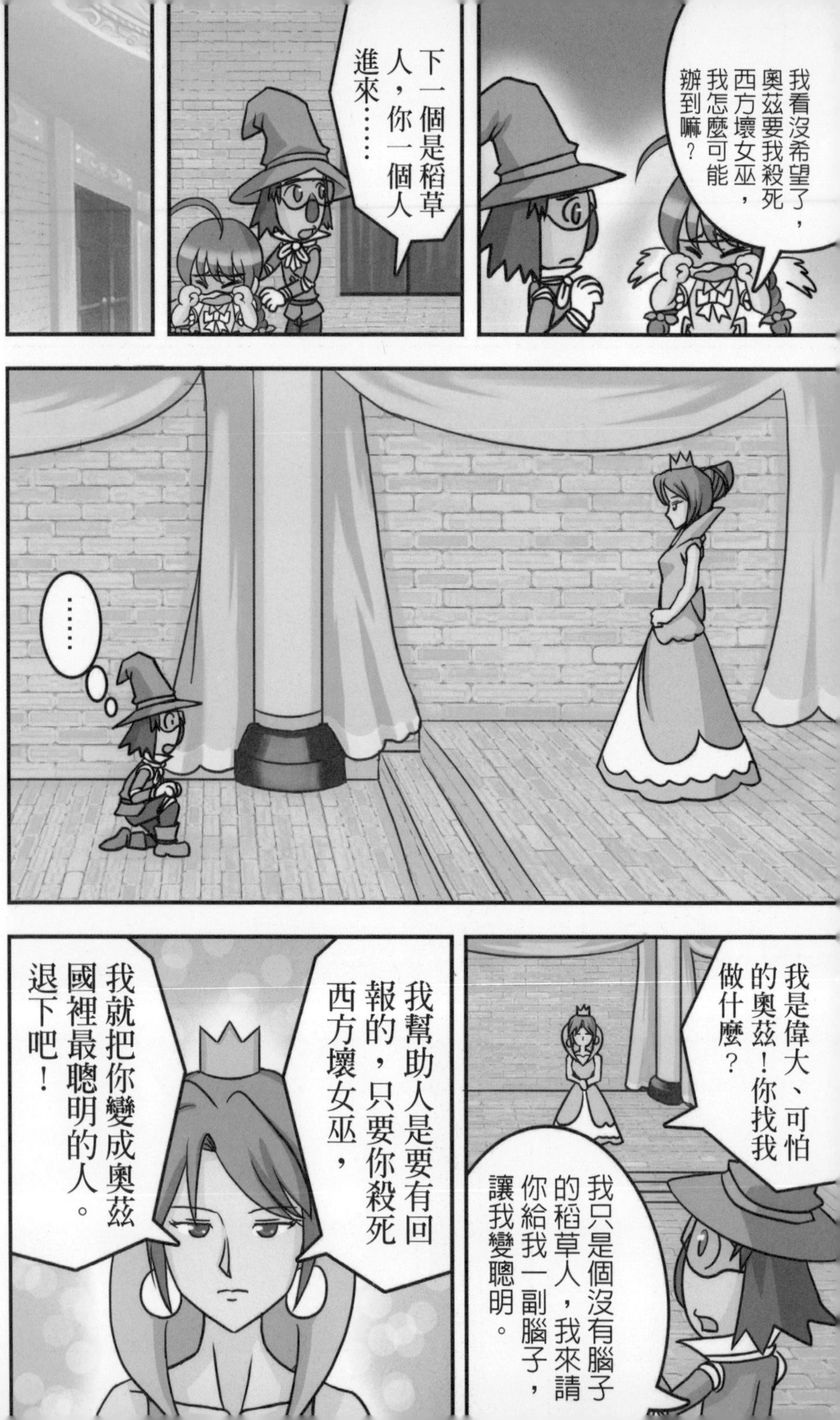
我看沒希望了，奧茲要我殺死西方壞女巫，我怎麼可能辦到嘛？
下一個是稻草人，你一個人進來……
……
我是偉大、可怕的奧茲！你找我做什麼？
我只是個沒有腦子的稻草人，我來請你給我一副腦子，讓我變聰明。
我幫助人是要有回報的，只要你殺死西方壞女巫，
我就把你變成奧茲國裡最聰明的人。退下吧！

什麼？偉大的奧茲是個大美女？
下一個是錫人，你一個人進來……
終於輪到我了。
你是誰？找我做什麼？
嚇！
我是個錫做的樵夫，我沒有心，不懂得愛，
請你賜給我一顆心。
如果你想要一顆心，就要自己努力去爭取。

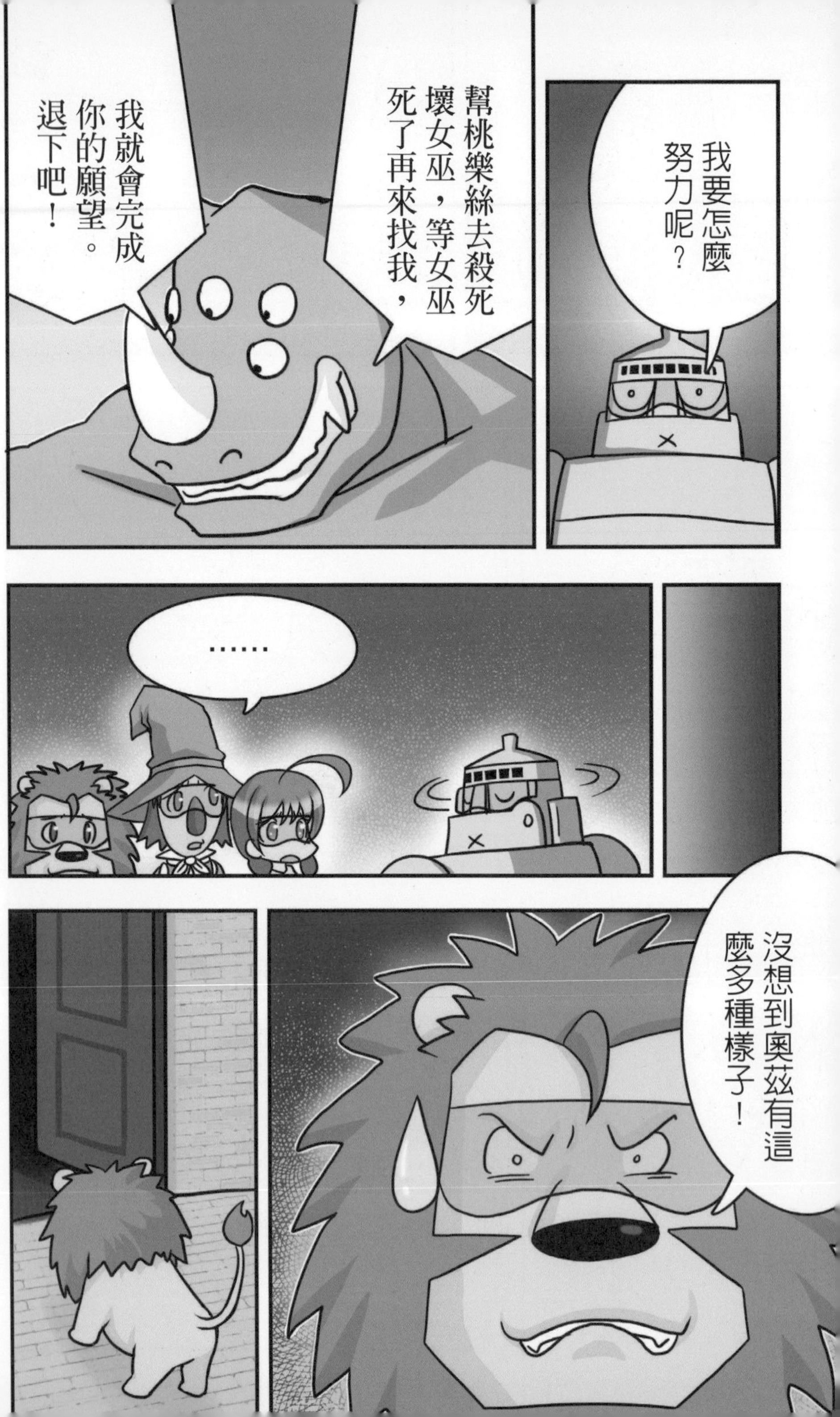
我要怎麼努力呢？
幫桃樂絲去殺死壞女巫，等女巫死了再來找我，
我就會完成你的願望。退下吧！
……
沒想到奧茲有這麼多種樣子！

熊熊烈火
你也是桃樂絲的夥伴？
是的，偉大的奧茲。
那你要什麼呢？
我是膽小的獅子，我來求你給我膽量，這樣我才能成為真正的萬獸之王。
如果你能給我殺死西方壞女巫的證據，我就給你膽量，否則你永遠是個膽小鬼。

我們現在該怎麼辦呢？
只有一個辦法——到西方去，
找到壞女巫，殺死她！
如果我們鬥不過她呢？
唉……
看來我們只好試一試了，不然就只能跟現在一樣……

嗯，我要去，雖然我膽量很小……
我也去，不過我太笨了，可能幫不了什麼忙。
大家要去的話我也去！
好！那今天晚上好好休息，我們明天一早就出發。

第5章 西方壞女巫
哪條路可以通往西方壞女巫住的地方呢？
那還不容易！只要你們走到她的領地，
她就會來找你們，把你們都變成她的奴隸。
也許不會喔！因為我們要去消滅她。
噢，是嗎？可是從來沒人能夠殺死她呀！

反正，你們只要往太陽落下的方向走，一定會找到她。
轟隆!!
嗶~~!
哼！可惡的奧茲，膽敢派人來殺我！

去！把那些人給我撕成碎片！
吼～吼～吼～
你不把他們變成奴隸了嗎？
不必了！他們沒一個能用的，去把他們全殺了吧！
遵命！
吼～吼～吼～

吼～吼～吼～
……！
快躲到我身後，我來對付他們！
咬!!
咬!!
喝！啊！

吼~吼~吼~
閃開!!
幹得好！朋友。
大家要做好準備，這只是剛開始……

轟隆!!
轟隆!!
真是一群沒用的傢伙。
嗶~~!!
嘎~~
嘎~~
嘎~~
嘎~~

看見那些陌生人沒有？快飛過去啄瞎他們的眼睛，把他們撕成碎片！
嘎~~
遵命！
……
嘎~~
嘎~~
嘎~~
西方壞女巫的歡迎儀式真多呀！
突襲！

讓我來吧！
……
!!
別怕，他只是個假人！

嘎！！
嘎！！
嘎！！
啪
啪
大家辛苦了，西方壞女巫只會派更多敵人來阻止我們，一定要加油喔！

不……不可饒恕！
轟隆！！
嗶—嗶—嗶
去！把那些陌生人螫死！
嗡～～
嗡～～
嗡～～

這…這次可不妙啊…
嗡~~
嗡~~
錫人，快把我身上的稻草拿出來，撒在大家身上。
太好了！這樣蜜蜂就螫不到你們了。
嗡~~

接下來看我的！
噹！
噹！
噹！
啪！
噹！

沒事了，大家可以起來了。
錫人，謝謝你。
這也要感謝稻草人保護了你們。
稻草人，謝謝你！
不客氣，你們快把我復原吧！這樣我還真不習慣呢！
嗯！

轟隆!!
吼!啊呀呀呀呀——
咔!!
氣死我了!
氣死我了!
你們幾個快去殺死他們,殺不死就不要回來!
!!
還不快去!
轟!!
是……

西方壞女巫不知道還會派什麼來呢？
不管她派什麼來，我都會把他們打倒的！
呵呵！
別…別動…
咦？
……
……

哇啊啊——
救命啊！
吼～吼～吼～
……
他們是西方壞女巫派來的，對吧？
你考倒我了，因為我還沒拿到腦袋。
哈哈哈……

轟隆!!
轟隆!
你們失敗了還有膽回來這裡！
奧茲，你這個混帳！竟然派這麼棘手的人來對付我！
・・・　・・・
呵呵，沒關係，我就用上次對付你的手段來對付他們！

這帽子只能使用三次，現在剩下最後一次了……
雖然很不想用，但這是最後的辦法了。
伊——卜，派——卜，克——開！
希——囉，霍——囉，哈——囉！

西—西，左—西—西，西—克——
轟~隆~隆~隆~

這是你最後一次召喚我們了，有何吩咐？
去把那幾個闖進我的領地的人幹掉！不過那頭獅子要帶回來，
我要把那畜牲當馬騎，叫他做苦工！
遵命！
哈哈哈哈……

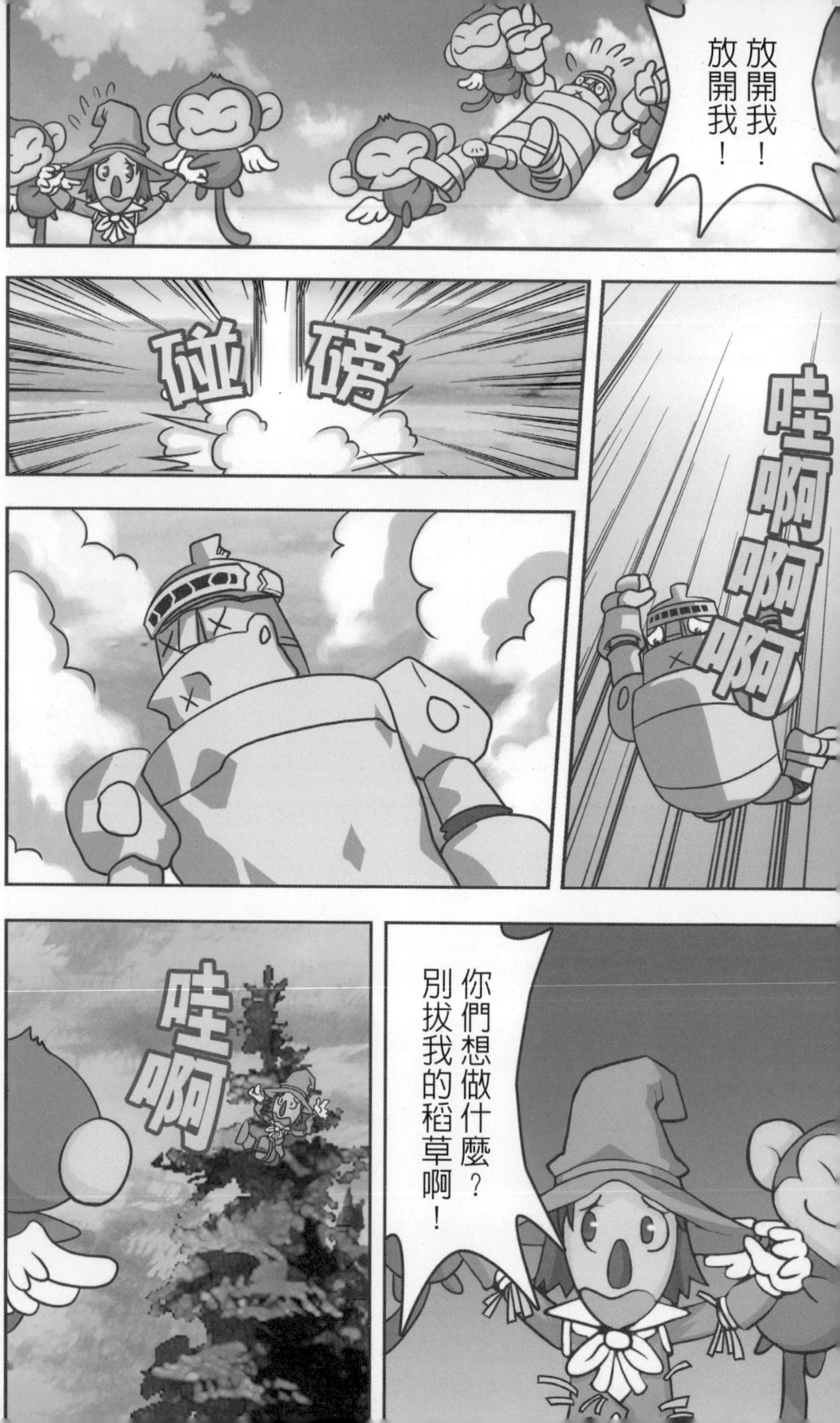
放開我！
放開我！
碰磅
哇啊啊啊
你們想做什麼？
別拔我的稻草啊！
哇啊

吼~
大家……
可惡呀！
彈開
嚇！

我們不能傷害這女孩，她受到善良力量的保護。
我們把她帶到西方女巫的城堡去吧！
稻草人⋯⋯
錫人⋯⋯獅子⋯⋯

現在你的三次召喚已經用完，你再也見不到我們了。
你的吩咐我們盡力照辦了。
但這女孩受到保護，我們無法傷害她。

這女孩我也碰不得呀……

看來她好像不知道如何使用魔力。
賊笑
跟我來，記住你的工作，要是沒做好，
我就會讓你跟你的夥伴一樣，當荒野的孤魂。
認真的給我做！

吼~吼~吼~
如果你不讓我騎，我就讓你餓死！
你敢走進院子，我就咬死你！
哼！那你就在這裡餓死好了！

你還是不願意套上鞍具嗎？
可惡……
可惡的野獸，我一定要馴服你！
砰
哼……

獅子，你肚子餓了吧？這些是我偷偷留下來的晚餐，你趕快吃吧！
不知道錫人跟稻草人他們脫困了沒？
唧~唧~唧~
唧~唧~唧~

托托，我們可能永遠回不了堪薩斯了。
嗚~~

要怎麼做才能把那雙銀鞋弄到手呢？
她有好女巫的保護，我無法靠近……她又常常使用水，我唯一的弱點就是水……
到底該怎麼辦？
就這麼辦吧！

忙～
忙～
哇啊啊～
好痛……
呵呵呵
哦～呵呵呵～終於讓我得到一隻鞋子了！

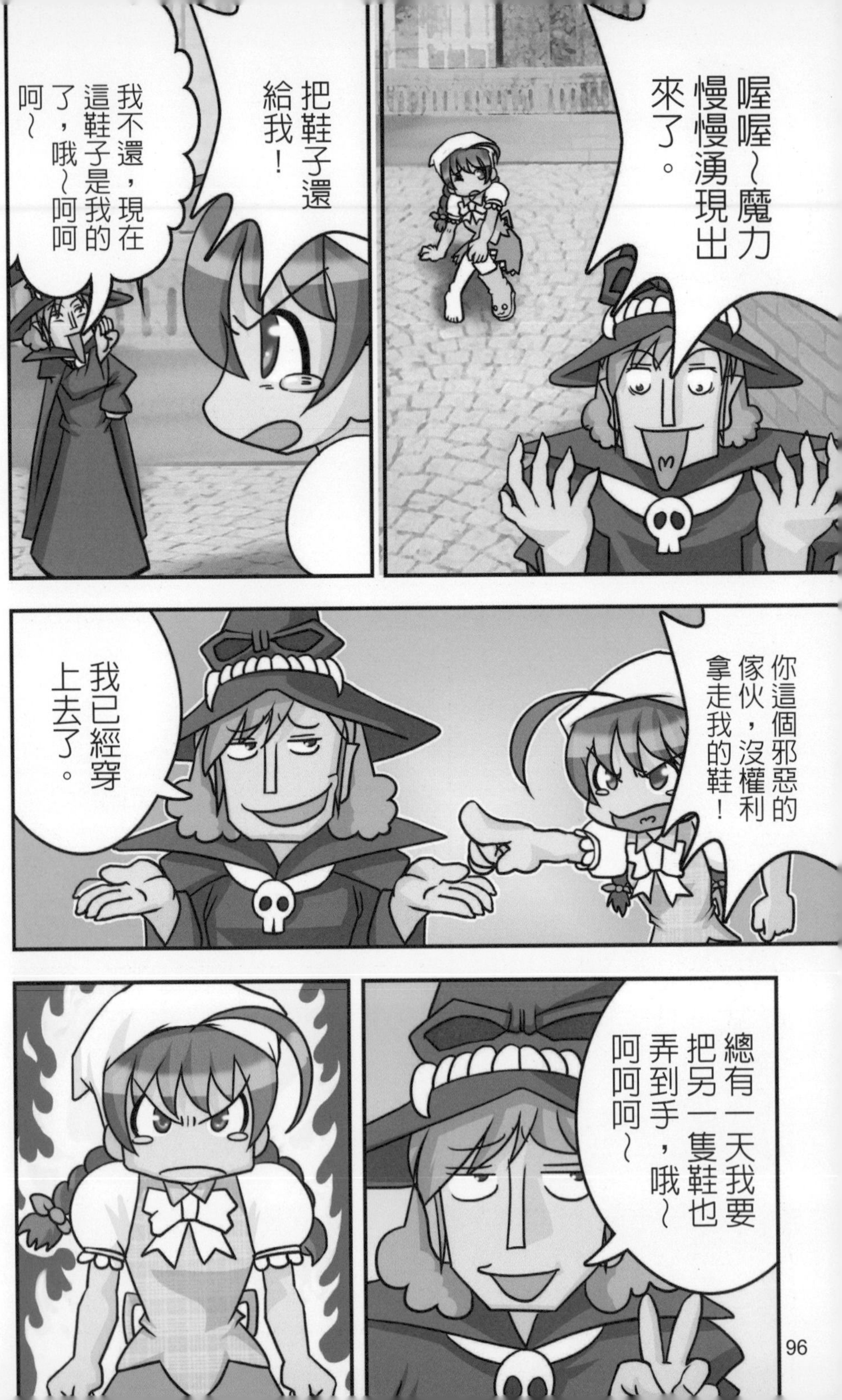
喔喔~魔力慢慢湧現出來了。
把鞋子還給我！
我不還，現在這鞋子是我的了，哦~呵呵呵~
你這個邪惡的傢伙，沒權利拿走我的鞋！
我已經穿上去了。
總有一天我要把另一隻鞋也弄到手，哦~呵呵呵~

我叫你把鞋子還給我！
嘩啦
啊～～看你做的好事！

我馬上就會融化了。
對不起，真的很對不起……
你不知道水會要了我的命嗎？
當然不知道，我怎麼會知道呢？
可恨啊！沒想到我會敗在一個小女孩手上……我追求的力量、美貌、權力，一切都成為泡影了……
融化～～
我好不……甘……心……呀……

嘩啦～～
啊……
快去救獅子…
獅子，我們自由了！
怎麼回事呀？

原來如此。
那我們趕快把這好消息告訴溫基人吧！
嗯，他們聽到一定會很高興的。
善良的溫基人，西方壞女巫已經死了，你們不再是奴隸了，
從今以後你們可以快樂的生活了。
……
……

喔～
耶～
我們還有個小小的請求……
你們是我們的救星，我們會盡全力為桃樂絲效勞的。
我的同伴錫人跟稻草人在野外被女巫打傷了，
希望你們能幫忙救他們回來。
恩人，我們會盡力試試的。

找到了！在這裡喔。
你們這裡有鐵匠嗎？
有呀！我們有幾個很不錯的呢！
麻煩請他們來見我。
好的。

閃亮
閃亮
錫人！你沒事了！
桃樂絲，感謝你又救了我一次。
咦，稻草人呢？

我已經請溫基人去幫我們找了，
相信不久就會有消息。
找到了！找到了！
在一棵樹上找到他了！
那我們快出發吧！
嗯。

這……沒人爬得上去吧……
讓我來砍倒它，
這樣就能把稻草人救下來了。
噹啦~~
砍!!

大家都好嗎？
能夠看見你康復，真是太好了。
我們的任務終於完成，可以回翡翠城請奧茲實現他的承諾了。
是呀！

再見
咦？桃樂絲，你這頂帽子哪來的呀？
這是我在西方女巫的櫃子上發現的，剛好可以拿來遮太陽。
戴起來很漂亮喔！
謝謝。
獅子，聽說你被西方壞女巫……

第6章　帽子的魔力

好累喔！我們走了兩天了，怎麼還在這田野打轉？
我們一定是迷路了。
那怎麼辦？
大家先休息一下吧。
如果我們找不到路，回去願望就不能達成了……

有了！
我們可以把田鼠叫來，他們也許能帶我們回翡翠城。
這真是個好主意。
嗶——
你們好，我的朋友，我能為你們做些什麼嗎？

我們迷路了，你能告訴我們翡翠城在哪兒嗎？
當然可以！不過，你們這些天都往反方向走，
已經越走越遠了……
!
你為什麼不靠那頂帽子的魔力？
它能召喚飛猴，然後在一小時內把你們送回翡翠城。
魔力？怎麼使用啊？

帽子裡面寫有咒語呀！不過，飛猴喜歡欺負我們，
請不要在我們面前召喚。
那他們會不會傷害我們？
哦，不會的，他們必須服從那頂帽子的主人。
再見囉！
……
那我們趕快來試試吧！

伊——卜，派——卜，克——開！
希——囉，霍——囉，哈——囉！
西——西，左——西，西——克——
轟隆隆~

主人你好，請問有何吩咐？
我們要回翡翠城，請帶我們去吧！
是的，主人。

你們為什麼要服從帽子主人的命令呀？
這件事說來話長，如果你願意聽的話……
我很願意聽。
從前……
我們是自由的，

無憂無慮的過活，常跟其他動物一起玩。
直到有一次，我們闖進一位女巫師蓋耶麗特的婚禮……
她很氣我們破壞她盛大的婚禮，就罰我們要聽從帽子主人的命令……
不管主人是誰，必須幫他達成三個願望。女巫師把帽子送給她的丈夫，當作結婚禮物。
不過，她丈夫第一次召喚我們，就要我們遠離他們……因為他妻子不喜歡我們……

我們離開之後，帽子又落入西方壞女巫手裡了……
那要如何解除你們的詛咒呢？
這就要問當初那位女巫師了。
你們的目的地到了。
哇！好快喔！

還好你帶著那頂神奇的帽子，我們才能這麼快回到翡翠城。
是呀。
啊，你們回來了！
你不是看見了嗎？
我還以為你們去討伐西方壞女巫了呢！
我們去過了呀！
那壞女巫呢？她放了你們？
她已經融化了，管不到我們啦！

真的？是誰把她融化的？
是桃樂絲。
太好了！真是謝謝你。
你們一定很累吧！我先安排你們去休息，再去稟報奧茲國王。
嗯，好的。

過了四天——
我們等那麼多天了，為什麼奧茲還不接見我們？
啊！等等！
你們這麼做可闖大禍了！
奧茲國王！

……
第7章
奧茲國王的祕密
我是奧茲，偉大、可怕的奧茲。你們找我做什麼？
你在哪裡呀？
我無所不在，凡人是看不見我的。
我現在就坐在寶座上，你們可以跟我說話了。
我們來要求你實現對我們的承諾。
什麼承諾？

你答應過，只要壞女巫一完蛋，你就會送我回堪薩斯。
你答應給我腦子。
你答應給我一顆心。
你答應給我勇氣。
壞女巫真的完蛋了嗎？
是的，我用一桶水把她給融化了。
天啊！太突然了！好吧，你們明天再來，我要好好想一想。
你已經想得夠久了！
你必須遵守諾言！

!!
倒
你是誰？
我是偉大、可怕的奧茲，請別動手，你們的要求我都答應。
你不是偉大的魔法師嗎？
噓！別讓人聽見了，我是假裝的……
那你不是囉？
是的，我只是個普通人。

你不但是普通人，還是個騙子！
完全正確！
這……太可怕了，那我們的願望怎麼辦？
親愛的朋友，真正可怕的是我的身分被揭穿後，
將會遇到多麼可怕的事！
抖
抖
抖
別人都不知道你是騙子嗎？
除了你們四個，別人都不知道。

你這大騙子！你真該為自己感到丟臉！
是呀，但我不得不這麼做。
請坐下，我要把我的經歷告訴你們。
我生在奧馬哈……
喔，那兒離堪薩斯不遠！
是不遠，但是離這裡很遠。
長大後，我成了一個口技專家，
我能模仿任何一個人和動物的聲音。
後來……

我對口技厭倦了，學會了駕駛熱氣球。
有一天，我的氣球發生了故障，直飛到雲層上。我在空中飛了一天一夜……
當我醒來時，我就來到這個奇怪的地方了。這裡的人看到我從雲層中降下來，以為我是偉大的魔法師。
因為他們很怕我，我就命令他們建造了這個城堡，開始治理這個國家。
但我最害怕的是那些壞女巫，她們無時無刻都想打敗我。我就這樣戰戰兢兢生活了好幾年……

一直到你的出現，讓房子壓死東方壞女巫，還打敗西方壞女巫，你不難想像我有多麼高興。
但是我卻不能實現我的諾言，真是慚愧……
我看你根本是個大壞蛋！
哦，不，我其實是個好人。我承認，我欺騙了大家……
這我們不管，除非你實現諾言，不然我們會很不高興的。
……好吧。
……

稻草人，你已經每天都在學習，
只要經驗、知識累積得越多，就會變聰明了。
至於獅子…
你缺少的只是自信，真正的勇氣是——遇到危險時，即使害怕，也會勇敢面對。
好吧，明天我會給你勇氣。
而你，錫人…
如果你願意承擔有了心之後的喜、怒、哀、樂，
我明天就給你一顆美麗的心。

至於桃樂絲……
給我三天，我會想辦法讓我們回到原來的世界！
真的！我實在是太高興了！
我實現承諾後，希望你們要保密，不能跟任何人說我是騙子。
嗯～
很晚了，大家先去休息，明天你們的願望就會實現了。

第8章
願望實現
你的新腦袋裝好了！感覺如何？
我覺得自己變聰明了呢！
這就是你的心，很漂亮吧？
真漂亮！

你現在擁有一顆心了。
真是太感謝了，我永遠不會忘記你的好心。
別這麼說。
這是勇氣藥水，喝下去你就會勇氣百倍了。
咕嚕……
現在感覺怎樣？
充滿勇氣！

剩下桃樂絲了，請你等我三天吧。
三天後
請進。
請坐。
我想我找到離開這裡的辦法了。

可以帶我回堪薩斯？
嗯…回堪薩斯我沒有把握…
但首先必須要回到我們的世界，之後再找到回你家的路就容易了。
我要怎麼做呢？
我把想法告訴你，你知道我是乘坐熱氣球來到這裡的吧。
我相信我能再做一個熱氣球。
怎麼做呢？
這我會請你幫忙，要是沒做好，
中途降落在沙漠，我們就會迷路了。

我們？你要跟我一起回去嗎？
當然啦！我不想繼續在這裡當騙子了。
一走出城堡，我的真面目就會被拆穿，整天待在這些房間裡，實在太乏味了。
我很高興有你作伴。
謝謝你。
那我們開始做熱氣球吧！
你能幫我把布縫起來嗎？

各位，奧茲已經為我做好熱氣球，終於到說再見的時候了。
回家的路上要小心喔！
嗯。

嗯，再見！
桃樂絲，再見。
哇！
嘩！
偉大的奧茲現在要到雲層裡訪問巫師哥哥了，
這裡以後就由稻草人管理，我命令你們要像服從我一樣的服從他。
拉緊

來！桃樂絲！快進來，不然熱氣球就要飛走了。
我找不到托托……
快！

回來呀！
我也要去！
我回不來了！
桃樂絲，再見！
嗚……嗚……
哇…呀…
呀…

我們該怎麼辦呢？
……
為什麼不叫飛猴來帶你回堪薩斯呢？
我怎麼都沒想到？這辦法真好！我這就去拿帽子。
轟隆隆～

這是你第二次召喚我們了。
主人，有何吩咐？
我要你們帶我飛回堪薩斯。
這可辦不到，我們不屬於那裡，這是兩個不一樣的世界。
如果沒別的事，我們就告退了，再見！
害我白白浪費了一次金帽子的魔力！
這真是太糟糕了！

那我們去叫守衛，看看他有什麼主意。
你有辦法帶她回堪薩斯嗎？
稻草人國王，這我可沒辦法。
但格達林也許能。
誰是格達林？
南方好女巫呀！她是法力最強大、美麗又善良的女巫。
謝謝你，我知道了。

我們可以去南方女巫那兒，請她幫忙。
嗯。
那我們再召喚一次飛猴，讓他們帶我們過去吧。

這是你最後一次召喚我們了，再見囉！祝你好運。
再見，非常感謝。
我們走吧，女巫的城堡應該就在不遠處了。

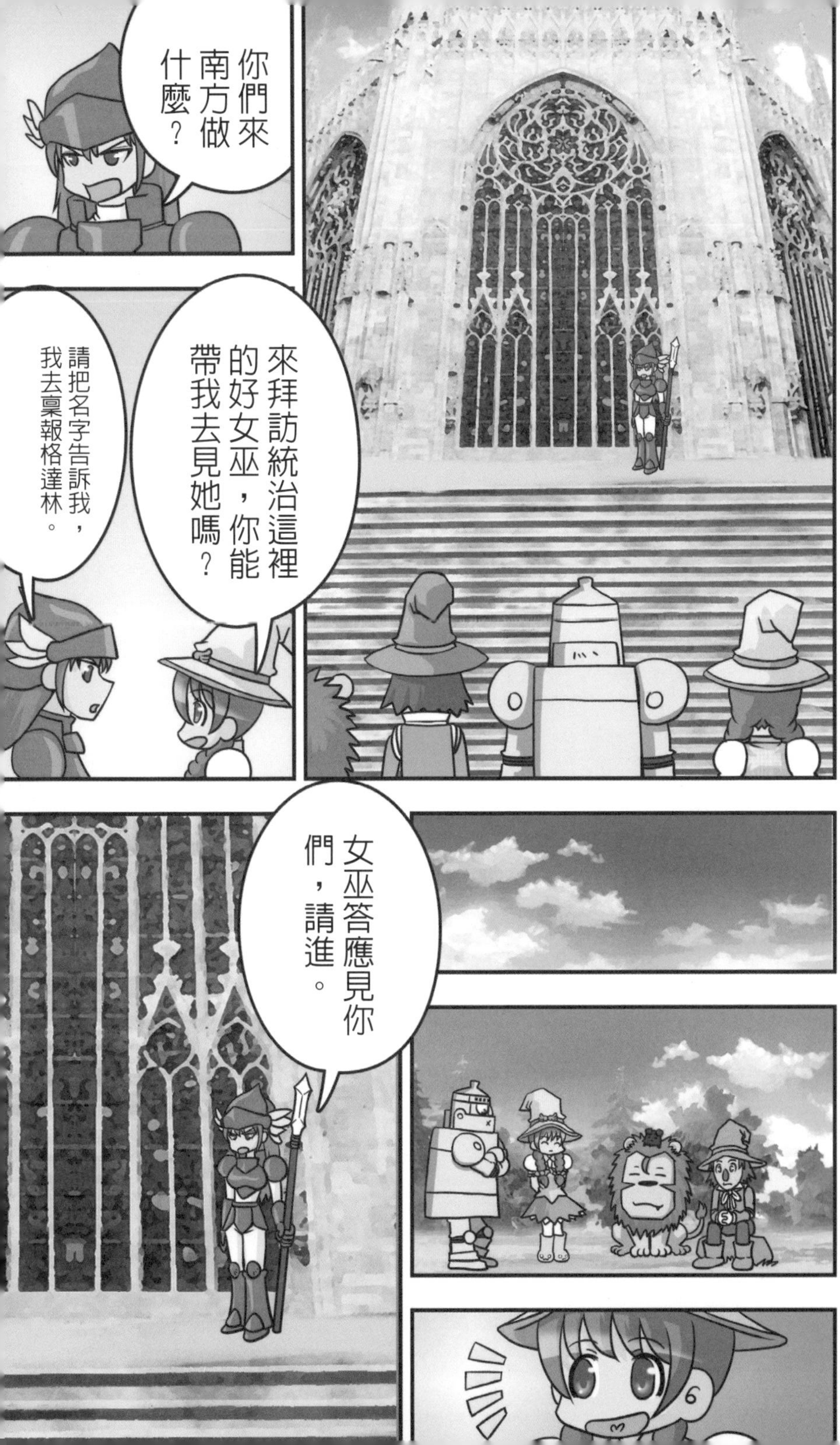
你們來南方做什麼？
來拜訪統治這裡的好女巫，你能帶我去見她嗎？
請把名字告訴我，我去稟報格達林。
女巫答應見你們，請進。

我能為你們做些什麼呢？孩子。
我因為被一場龍捲風捲到這個王國……

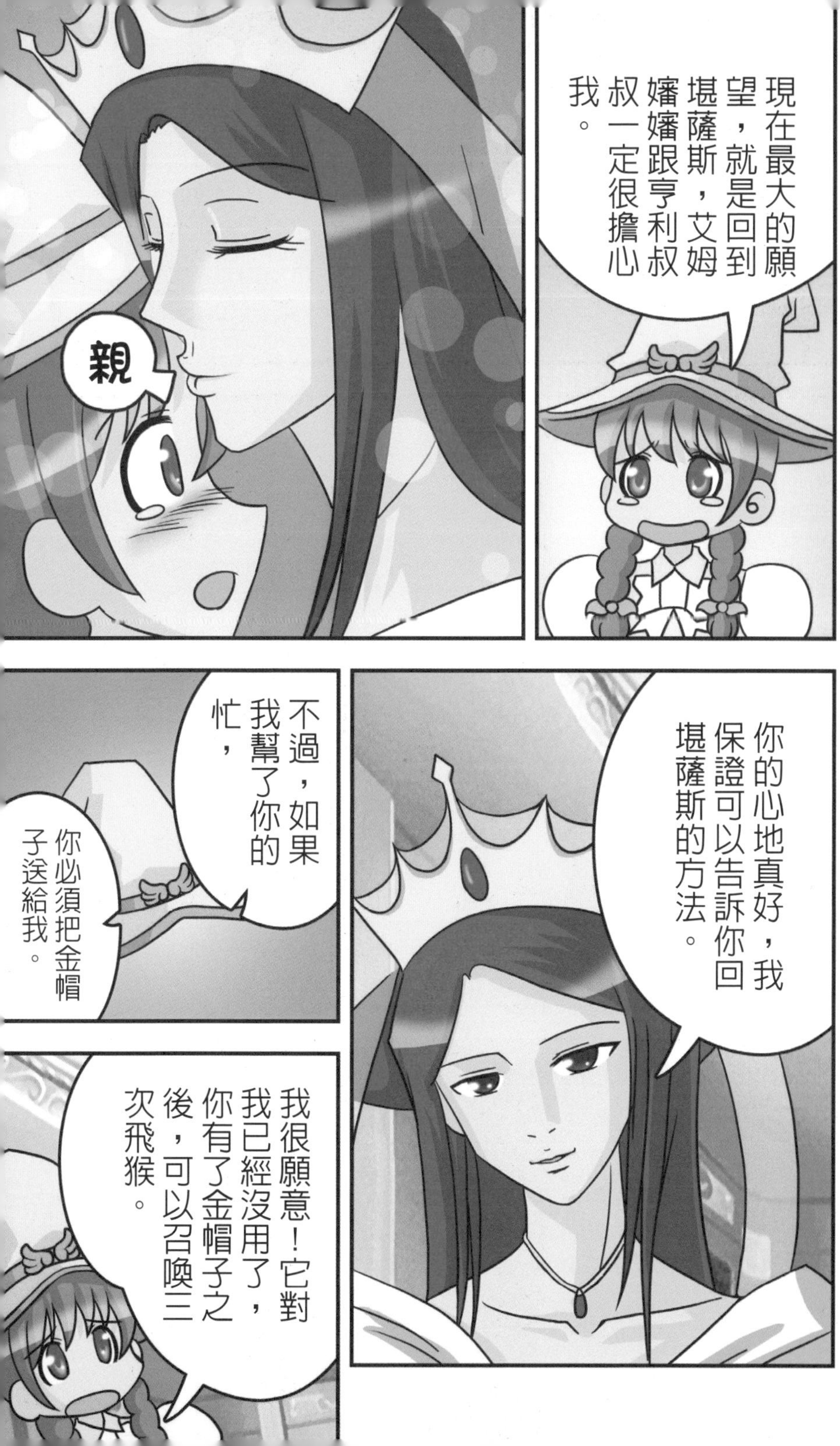
現在最大的願望，就是回到堪薩斯，艾姆嬸嬸跟亨利叔叔一定很擔心我。
親
你的心地真好，我保證可以告訴你回堪薩斯的方法。
不過，如果我幫了你的忙，
你必須把金帽子送給我。
我很願意！它對我已經沒用了，你有了金帽子之後，可以召喚三次飛猴。

我正需要他們為我服務三次。
桃樂絲離開之後，你怎麼辦呢？
我會回翡翠城去，因為奧茲讓我治理翡翠城，
那裡的人都喜歡我。
那我會用金帽子召喚飛猴來，把你送到翡翠城的門口。
你將會是個了不起的國王。

真的嗎？
是的，你很特別。
等桃樂絲回家後，你會怎樣呢？
……
溫基人曾經修復過我，如果能回到西方，
我希望和他們生活一輩子，好好領導他們。

我會對飛猴下第二個命令，平安的把你送到溫基去。
相信你一定能把溫基治理得很好。
桃樂絲回家後，你打算做什麼呢？
我想回到遇見桃樂絲的那個森林。

那裡的野獸需要一個森林之王，
要是能回到那兒，我會非常愉快的度過一生。
那我給飛猴下第三個命令，把你送到那座森林。
然後，我就把金帽子送給猴王，這樣他們就永遠自由了。
你的心和你的外表一樣美麗。

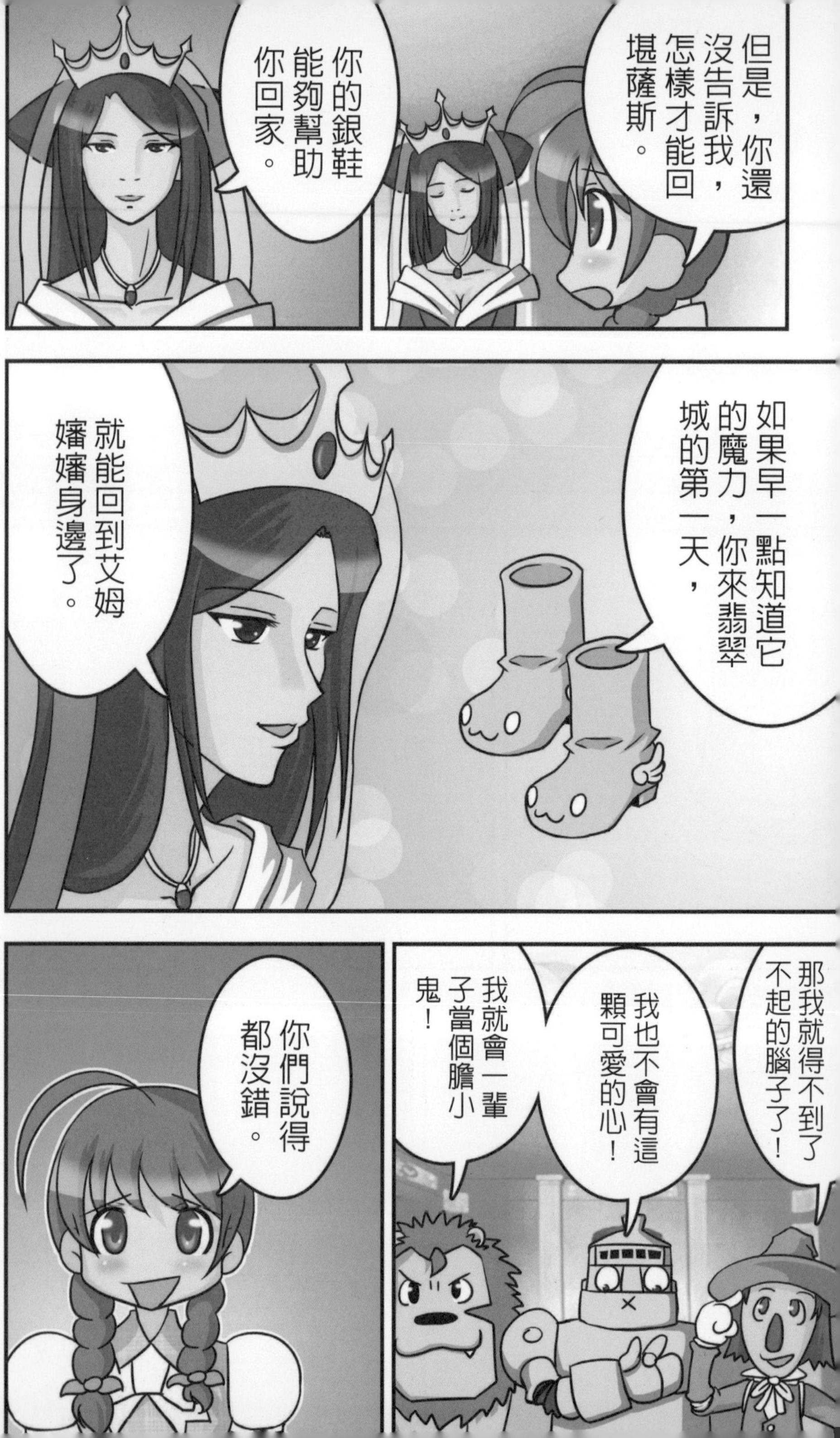
但是，你還沒告訴我，怎樣才能回堪薩斯。
你的銀鞋能夠幫助你回家。
如果早一點知道它的魔力，你來翡翠城的第一天，
就能回到艾姆嬸嬸身邊了。
那我就得不到了不起的腦子了！
我也不會有這顆可愛的心！
我就會一輩子當個膽小鬼！
你們說得都沒錯。

我很高興我對這些好朋友有幫助。
但我最大的願望還是回堪薩斯。
這雙銀鞋具有神奇的力量，其中最不可思議的魔力就是……
穿著它的人，只要把後跟敲三下，就能任意飛到任何想去的地方。
如果是這樣，那我馬上就能回到堪薩斯了！
真是太好了！桃樂絲。

你們是我最好的朋友！
希望我們還有機會再見面。
親
這是含有魔力的幸運之吻。

那麼，我要回家了，大家再見……
嗚嗚嗚
銀鞋快帶我回家，回到艾姆嬸嬸身邊！
咻咻咻
咻啪！！

啪!!
好痛!
這裡是?
天啊!我們回家了!

汪~汪~
親愛的，你從哪冒出來的呀？
亨利叔叔，真高興我終於回家了！

The End

汪~汪~

漫畫版世界名著

綠野仙蹤

原　著：法蘭克・包姆
漫　畫：天奧
負責人：楊玉清
副總編輯：黃正勇
編　輯：趙蓓玲
美術編輯：張靜慧、雅圖創意 黃靄琳、小萬

出　版：文房(香港)出版公司
2018年6月初版一刷
定　價：HK$48
ISBN：978-988-8483-17-4

總代理：蘋果樹圖書公司
地　址：香港九龍油塘草園街4號
華順工業大廈5樓D室
電　話：(852) 3105 0250
傳　真：(852) 3105 0253
電　郵：appletree@wtt-mail.com

發　行：香港聯合書刊物流有限公司
地　址：香港新界大埔汀麗路36號
中華商務印刷大廈3樓
電　話：(852) 2150 2100
傳　真：(852) 2407 3062
電　郵：info@suplogistics.com.hk
